La Curée

FichesdeLecture.com

LA CURÉE (FICHE DE LECTURE)

La Curée
(Fiche de lecture)

I. INTRODUCTION

La Curée est le deuxième volet de la série romanesque des *Rougon-Macquart*, *l'œuvre* gigantesque d'Émile Zola. Il paraît en 1872.

Dans la lignée de l'observation attentive de toute une époque et de ses classes sociales, ce roman s'attache tout particulièrement à la question des spéculations financières et de la dépravation des mœurs sous le Second Empire.

II. RÉSUMÉ DU ROMAN

Chapitre 1

Nous sommes dans les années 1860. Renée Saccard et son beau-fils Maxime se promènent à Paris en calèche. Cette balade est l'occasion d'échanger les derniers potins sur la bonne société.

Puis Renée revient à l'hôtel Saccard et attend l'arrivée des amis de son époux. La soirée s'annonce semblable à toutes celles de ce milieu : discussions politiques, propos sur le nouveau Paris en construction, rumeurs diverses...

Mais c'est aussi l'occasion d'une crise de jalousie de Renée, qui se réfugie dans sa serre. En effet, elle ne supporte pas l'affection qui semble lier Maxime à Louise de Mareuil... déjà se profile une attirance incestueuse.

Chapitre 2

Zola nous fait remonter quelque peu dans le temps, pour revenir sur l'existence d'Aristide Rougon, qui a quitté Plassans et est monté à Paris après le Coup d'État (dans les années 1852) , où il retrouve son frère Eugène.

Justement, ce dernier lui permet de devenir employé de l'hôtel de ville, ce qui déçoit ses ambitions, avant qu'il ne s'aperçoive des portes que cela lui ouvre...

Aristide Rougon change son nom en Saccard (sur les conseils de son frère) et se consacre totalement à sa carrière, se montrant très ambitieux. Ses débuts sont pourtant difficiles et il connaît une période de dénuement. Mais son emploi lui donne accès aux travaux à venir dans Paris, et il comprend qu'il lui suffit d'acheter les immeubles qui vont longer les futures avenues pour faire fortune. Pour l'instant, il manque d'argent pour se lancer.

Mais son épouse Angèle décède d'une phtisie ; cela lui permet de se remarier avec Renée Béraud du Châtel, un mariage d'argent plus que d'amour, qui a lieu en 1854. La jeune femme est tombée enceinte très jeune, et sa famille cherche un homme pour se faire passer pour le père de l'enfant. Ce mariage vient avec une dot conséquente (200 000 francs)... c'est le début d'une série d'opérations et de spéculations financières pour Aristide Saccard.

Chapitre 3

Saccard a fait venir son fils Maxime de Plassans. Ce chapitre raconte comment ce dernier a été élevé, et la manière dont Renée lui a fait découvrir la vie parisienne, dont elle est un personnage important. Aristide est désormais très riche et la famille vit dans l'opulence. Il veut arranger une union entre Maxime et Louise. Maxime justement mène une vie de paresse et de libertinage.

Toute la famille Saccard s'installe dans le palais de Monceau. Lors d'un bal aux Tuileries, l'empereur remarque Renée...

Chapitre 4

Renée est de toutes les fêtes parisiennes. Une nuit, au café Riche, elle cède à ses penchants incestueux avec Maxime. Après une période de honte, Renée se laisse finalement aller aux plaisirs que lui procure son amant. Saccard ne voit rien, trop occupé à ses affaires, en particulier celle de Charonne.

Chapitre 5

Pendant un an, Maxime et Renée continuent leur liaison. De son côté, Saccard connaît bien des déboires, et il ne cesse d'emprunter de l'argent à son épouse. Renée se sent coupable et revient vers son mari, ce qui rend Maxime jaloux. Ce dernier découvre alors que son père a joué un rôle dans l'affaire de Charonne. Il révèle tout à Renée, qui refuse donc de s'allier à Saccard dans cette affaire. Le mari soupçonneux la fait suivre par sa sœur Sidonie, puis il organise le mariage de Louise et Maxime.

Chapitre 6

Un grand bal costumé est organisé chez les Saccard. On y croise notamment des hommes très influents, car Eugène est devenu ministre. Renée, avertie du mariage prévu avec Louise, propose à Maxime de s'enfuir avec elle. Elle signe finalement pour l'affaire de Charonne, mais est surprise par son mari en compagnie de son beau-fils. Saccard ne dit rien, préférant sauvegarder ses affaires. Renée perd de plus en plus pied.

Chapitre 7

Grâce aux manigances de l'affaire Charonne, Saccard voit sa fortune sauvée. De son côté, Renée s'ennuie et passe le temps comme elle peut, délaissée par Maxime, qui a perdu son épouse, est devenu riche et s'est rapproché d'Aristide.

Cela achève Renée, qui meurt seule, ruinée et atteinte par une méningite.

III. PRÉSENTATION DES PERSONNAGES PRINCIPAUX

Aristide Saccard

Aristide Rougon est le frère d'Eugène Rougon. Il était autrefois journaliste républicain en province. C'est un homme opportuniste, qui change son fusil d'épaule lorsque le coup d'État survient. Puis Aristide change son nom en Saccard, par goût pour l'argent, mais aussi pour protéger son frère si on venait à découvrir ses manigances… Il travaille d'abord pour l'Hôtel de Ville et prend part aux affaires spéculatives de la Curée dans le cadre des projets haussmanniens. Angèle décède, et déjà il compte sur un mariage d'argent pour entretenir ses rêves de fortune. Il a déjà deux enfants, Clotilde et Maxime, lorsqu'il épouse Renée. Sa sœur Sidonie joue le rôle d'entremetteuse.

Aristide est un homme cupide, qui devient l'un des hommes les plus riches de Paris. Mais malgré les coups du sort et le fait qu'il n'hésite pas à arnaquer sa propre femme, il s'en sort toujours et survit à sa seconde épouse. On le retrouve dans d'autres romans, notamment l'*Argent*. Il incarne le type même du spéculateur dépourvu de scrupules.

Renée Saccard

De Renée Saccard, la « nouvelle Phèdre » (de son nom de naissance Béraud du Châtel), Zola a écrit la chose suivante : « j'ai voulu montrer (…) le détraquement cérébral d'une femme dont un milieu de luxe et de honte décuple les appétits natifs ». Renée incarne la dégénérescence du Second Empire. Enceinte très jeune, ses parents cherchent un homme qui l'épousera et se fera passer pour le père de l'enfant. Aristide accepte ce rôle, car la dot et le rang sont conséquents. Renée fait une fausse couche. Renée s'occupe avec amour de Maxime, son beau-fils, et finit par développer une relation quasiment incestueuse avec lui. Elle sera rongée par la jalousie, mais aussi dévorée par une vie luxueuse, frivole et faite de mondanités à Paris.

C'est en tout cas une très belle femme, puisque même l'Empereur est attiré par elle lors d'un bal.

Maxime

Maxime est le fils d'Aristide et d'Angèle. Il passe toute sa jeunesse à Plassans, où sa grand-mère l'élève. Puis son père, une fois sa fortune assurée, le fait venir à Paris. Là, il noue une relation étroite avec sa belle-mère, qui le fait entrer dans la vie sociale parisienne et devient son amante.

Maxime est un être narcissique et futile, doté d'un physique androgyne et très égoïste, bien que malicieux dans ses propos. Il incarne une certaine image de la décadence et de la paresse de son milieu sous le Second Empire, petit parvenu aux goûts de luxe, qui finira par trahir Renée après avoir hérité de la fortune de son épouse.

Eugène Rougon

Le frère aîné d'Aristide a fait carrière en politique grâce à son soutien à Napoléon III. Il est donc ministre durant le Second Empire. Dès l'arrivée de son frère à Paris, Eugène va tout faire pour favoriser son ascension sociale et sa fortune.

Angèle Rougon

Angèle Rougon/Saccard est la première épouse d'Aristide. C'est une femme posée et tranquille, très féminine (elle apprécie beaucoup le maquillage). Angèle découvre les manigances de son mari lors de la Curée et autour des plans d'Hausmann. Elle meurt d'une maladie brutale, juste à temps pour comprendre que son mari se remariera par intérêt.

Sidonie Rougon

À la fois femme d'affaires et entremetteuse, Sidonie est la sœur d'Aristide. Sa description n'est pas positive, ni physiquement ni moralement : *« Mme Sidonie avait trente-cinq ans ; mais elle s'habillait avec une telle insouciance, elle était si peu femme dans ses allures qu'on l'eût jugée beaucoup plus vieille. À la vérité, elle n'avait pas d'âge »*. Elle vit beaucoup dans la routine.

Louise de Mareuil

Épouse de Maxime suite à un mariage arrangé, la jeune femme a une santé si fragile qu'elle est en fait condamnée... sa mort permettra au jeune homme d'acquérir une grande fortune.

IV. PERSPECTIVES DE LECTURE

La Curée ou l'art de spéculer

Le titre du roman représente bien ce qui est en jeu dans ce volume des Rougon Macquart : la spéculation financière sans scrupules.

La curée désigne traditionnellement, dans le domaine de la chasse, une partie de la dépouille de la proie que l'on donne en pâture à la meute de chiens suite à la battue.

Dès le XVIe siècle, le terme va s'étendre dans sa signification, pour venir désigner, suite à la mort d'un homme, la ruée vers ses biens, sa place, etc.

Ce n'est donc pas un hasard si Zola a choisi ce titre, si l'on revient sur les activités d'Aristide, mais aussi sur le Second Empire dans son ensemble. On retrouve d'ailleurs plusieurs fois le terme de « curée » dans l'œuvre.

Dans la préface de sa première édition, l'écrivain annonce ceci : *« Dans l'histoire naturelle et sociale d'une famille sous le Second Empire, La Curée est la note de l'or et de la chair. L'artiste en moi se refusait à faire de l'ombre sur cet éclat de la vie à outrance, qui a éclairé tout le règne d'un jour suspect de mauvais lieu. Un point de l'Histoire que j'ai entreprise en serait resté obscur. J'ai voulu monter l'épuisement prématuré d'une race qui a vécu trop vite et qui aboutit à l'homme-femme des sociétés pourries ; la spéculation furieuse d'une époque s'incarnant dans un tempérament sans scrupule, en clin aux aventures »*

Aristide a en effet accès aux plans du futur Paris, tels que conçus par Hausmann. Il envisage donc de racheter les immeubles qui, plus tard, auront une grande valeur le long des nouvelles avenues. Zola revient sur ce procédé plus en détail, dans le deuxième chapitre : *« Les rouages de l'expropriation, de cette machine puissante qui, pendant quinze ans, a bouleversé Paris, souf-flant la fortune et la ruine, sont des plus simples. Dès qu'une voie nouvelle est décrétée, les agents voyers dressent le plan parcellaire et évaluent les propriétés. D'ordinaire, pour les immeubles, après enquête, ils capitalisent la location totale et peuvent ainsi donner un chiffre approximatif. La commission des indemnités, composée de membres du conseil municipal, fait toujours une offre inférieure à ce chiffre, sachant que les intéressés réclameront davantage, et qu'il y aura concession mutuelle. Quand ils ne peuvent s'entendre, l'affaire est portée devant un jury qui se prononce souverainement sur l'offre de la Ville et la demande du propriétaire ou du locataire exproprié. [...] Les trente-six membres du conseil municipal étaient choisis avec soin de la main même de l'empereur, sur la présentation du préfet, parmi les sénateurs, les députés, les avocats, les médecins, les grands industriels qui s'agenouillaient le plus dévotement devant le pouvoir ».* Cela permet alors à Saccard d'acheter à bas prix des propriétés condamnées, avant de développer ses stratagèmes jusqu'à créer une caisse de crédit pour prêter de l'argent à la ville de Paris !

Un roman parisien

On retrouve dans ce roman de nombreux lieux réels de la ville, qui sont étroitement liés au statut social des personnages, mais aussi aux diverses visées spéculatives :
- la rue du Faubourg-Poissonnière
- l'île Saint Louis
- la rue de Rivoli
- le parc Monceau
- le boulevard des Italiens
- le boulevard Hausmann

La critique du Second Empire

Tous ces éléments, si l'on y rajoute aussi la dépravation des mœurs avec la relation entre Renée et Maxime, permettent d'entretenir une critique de Second Empire dans son ensemble. En voici les raisons principales :
- Les travaux d'Hausmann qui permettent une telle spéculation
- La luxure des hautes classes et des mondains, comme l'incarnent bien Renée et Maxime (ce dernier étant particulièrement paresseux)
- Le jeu des masques de la société, chacun se concentrant sur son apparence plutôt que sur son vrai visage
- La dépravation des mœurs
- L'étroitesse des liens entre le monde des affaires et la politique, une critique très moderne de la part de Zola...

Dans la même collection en numérique

Escadrille 80

Inconnu à cette adresse

La controverse de Valladolid

Les Vilains petits canards

Une partie de campagne

Cahier d'un retour au pays natal

Dora Bruder

L'Enfant et la rivière

Moderato Cantabile

Alice au pays des merveilles

Le faucon déniché

Une vie

Chronique des Indiens Guayaki

Je voudrais que quelqu'un m'attende quelque part

La nuit de Valognes

Œdipe

Disparition Programmée

Education européenne

L'auberge rouge

L'Illiade

Le voyage de Monsieur Perrichon

Lucrèce Borgia

Paul et Virginie

Ursule Mirouët

Discours sur les fondements de l'inégalité

L'adversaire

La petite Fadette

La prochaine fois

Le blé en herbe

Le Mystère de la Chambre Jaune

Les Hauts des Hurlevent

Les perses

Mondo et autres histoires

Vingt mille lieues sous les mers

99 francs

Arria Marcella

Chante Luna

Emile, ou de l'éducation
Histoires extraordinaires
L'homme invisible
La bibliothécaire
La cicatrice
La croix des pauvres
La fille du capitaine
Le Crime de l'Orient-Express
Le Faucon malté
Le hussard sur le toit
Le Livre dont vous êtes la victime
Les cinq écus de Bretagne
No pasarán, le jeu
Quand j'avais cinq ans je m'ai tué
Si tu veux être mon amie
Tristan et Iseult
Une bouteille dans la mer de Gaza
Cent ans de solitude
Contes à l'envers
Contes et nouvelles en vers
Dalva
Jean de Florette
L'homme qui voulait être heureux
L'île mystérieuse
La Dame aux camélias
La petite sirène
La planète des singes
La Religieuse
1984 A l'Ouest rien de nouveau
Aliocha
Andromaque
Au bonheur des dames
Bel ami
Bérénice
Caligula
Cannibale
Carmen

La peau de chagrin
La Petite Fille de Monsieur Linh
La Photo qui tue
La Plage d'Ostende
La princesse de Clèves
La promesse de l'aube
La Vénus d'Ille
La vie devant soi
L'alchimiste
L'Amant
L'Ami retrouvé
L'appel de la forêt
L'assassin habite au 21
L'assommoir
L'attentat
L'attrape-coeurs
Le Bal
Le Barbier de Séville
Le Bourgeois Gentilhomme
Le Capitaine Fracasse
Le chat noir
Le chien des Baskerville
Le Cid
Le Colonel Chabert
Le Comte de Monte-Cristo
Le dernier jour d'un condamné
Le diable au corps
Le Grand Meaulnes
Le Grand Troupeau
Le Horla
Le jeu de l'amour et du hasard
Le Joueur d'échecs
Le Lion
Le liseur
Le malade imaginaire
Le Mariage de Figaro
Le meilleur des mondes

Le Monde comme il va

Le Parfum

Le Passeur

Le Petit Prince

Le pianiste

Le Prince

Le Roman de la momie

Le Roman de Renart

Le Rouge et le Noir

Le Soleil des Scortas

Le Tartuffe

Le vieux qui lisait des romans d'amour

L'Ecole des Femmes

L'Ecume Des Jours

Les Bonnes

Les Caprices de Marianne

Les cerfs-volants de Kaboul

Les contes de la Bécasse

Les dix petits nègres

Les femmes savantes

Les fourberies de Scapin

Les Justes

Les Lettres Persanes

Les liaisons dangereuses

Les Métamorphoses

Les Mouches

Les Trois mousquetaires

L'étrange cas du Dr Jekyll et de Mr Hyde

L'Ile Au Trésor

L'île des esclaves

L'illusion comique

L'Ingénu

L'Odyssée

L'Ombre du vent

Lorenzaccio

Madame Bovary

Manon Lescaut

Micromégas
Mon ami Frédéric
Mon bel oranger
Nana
Ne tirez pas sur l'oiseau moqueur
Notre-Dame de Paris
Oliver twist
On ne badine pas avec l'amour
Oscar et la dame rose
Pantagruel
Le Misanthrope
Perceval ou le conte du Graal
Phèdre
Ravage
Roméo et Juliette
Ruy Blas
Sa Majesté des Mouches
Si c'est un homme
Stupeur et tremblements
Supplément au voyage de Bougainville
Tanguy
Thérèse Desqueyroux
Thérèse Raquin
Ubu Roi
Un Barrage contre le Pacifique
Un long dimanche de fiançailles
Un secret
Vendredi ou la vie sauvage
Vipère au poing
Voyage au bout de la nuit
Voyage au centre de la terre
Yvain ou le Chevalier au lion
Zadig

À propos de la collection

La série FichesdeLecture.com offre des contenus éducatifs aux étudiants et aux professeurs tels que : des résumés, des analyses littéraires, des questionnaires et des commentaires sur la littérature moderne et classique. Nos documents sont prévus comme des compléments à la lecture des oeuvres originales et aide les étudiants à comprendre la littérature.

Fondé en 2001, notre site FichesdeLectures.com s'est développé très rapidement et propose désormais plus de 2500 documents directement téléchargeables en ligne, devenant ainsi le premier site d'analyses littéraires en ligne de langue française.

FichesdeLecture est partenaire du Ministère de l'Education du Luxembourg depuis 2009.

Plus d'informations sur www.fichesdelecture.com

ISBN: 978-2-511-02927-5

Notes :